Agence Matrimoniale

140
3

7b.
403

L'Agence Matrimoniale Duc

LÉGENDE

ACTE Ier

Ouverture.
Les amours et les ennuis d'Elise.
Elise et Duc (*duo*).
L'armoire mystérieuse.
Derrière un rideau.
Duanra, ou l'horloger prétentieux.
Maître Alivonis, Duc et Mme Duc (*trio*).
Espérances ! Duc et sa tante (*dialogue chanté*).

ACTE II

Les débuts de l'Agence Duc.
Déceptions sur déceptions.
Le Suisse Margostein, amoureux à peu de frais.
Est-ce l'hymne russe ? (*solo*).
Mariage de convenance.
Vieille coquette. Veuve Ratafia et Duanra (*dialogue chanté*).
Une demoiselle anonyme.
Les Litanies d'une jeune fille.
Un trait paraît parfait (*chant*).

ACTE III

Le Suisse viendra au rendez-vous.
Mariages imprévus.
Triomphe de l'Agence.
Mariage rapide. Elise (*solo*).
Duanra fait une fin (*chant*).
Tel est pris qui croyait prendre.
Un mariage par substitution.
La ronde du saucisson.
Un contrat de mariage (*quatuor*).

L'AGENCE

Matrimoniale Duc

DE MARSEILLE

FOLIE - VAUDEVILLE EN TROIS ACTES

Paroles et Musique de JULES-ANTOINE ARNAUD

Ex-Chef de Musique

MARSEILLE
IMPRIMERIE COMMERCIALE, L. SAUVION
11, rue de la Paix, 11

1893

PERSONNAGES

Duc, clerc de notaire.
Mme Duc, tante, de Duc.
Alivonis, notaire.
Ludovic, prétendant d'Elise.
Elise, fille d'Alivonis.
Duanra, horloger à marier.
Margostein, suisse à marier.
Veuve Ratafia, femme à marier.
Une Demoiselle, Anonyme.

~~~~~~~~

La Scène se passe à Marseille

~~~~~~~~

L'Agence Matrimoniale Duc

ACTE Ier

La scène représente une étude de notaire d'une part, et de l'autre un bureau d'affaires où se trouvent : une porte, un guichet, une armoire, des rideaux et des chaises.

SCÈNE PREMIÈRE

DUC, ELISE

ÉLISE, par un guichet

Monsieur Duc !

DUC

Mademoiselle !

ÉLISE

N'avez-vous rien reçu pour moi ?

On frappe à la porte.

DUC

Entrez !

COMMISSIONNAIRE

M. Duc ?

DUC

C'est moi.

COMMISSIONNAIRE

On m'a chargé de vous remettre confidentiellement cette lettre.

DUC

Attendez-vous une réponse ?

COMMISSIONNAIRE

Non, Monsieur.

DUC

C'est bien. Il lui remet un pourboire.

DUC, lisant la lettre, en remet une seconde à Elise

Tenez, Mademoiselle, c'est Ludovic qui me prie de vous transmettre cette lettre.

ÉLISE, après avoir lu rapidement

Ah ! mon Dieu ! tout est rompu ! Mon père a refusé son consentement à Ludovic !...

DUC

Calmez-vous, Mademoiselle, votre père peut revenir sur sa décision.

ÉLISE

Oh ! non ! je sens bien que tout est fini ! je mourrai vieille fille ! Ah ! cet argent ! Pourquoi les pères veulent-ils toujours de l'argent, au lieu de souhaiter le bonheur de leurs filles ?

DUC

Mais enfin, tout espoir n'est pas perdu ?

ÉLISE

Tout est perdu, vous dis-je ! Je connais l'impatience de mon père... Ce pauvre Ludovic n'a qu'une fortune en espérance... Mon père a attendu plus longtemps que je n'aurais cru... Ah ! Monsieur Duc, que je suis malheureuse ! que je suis malheureuse !

DUC

Je vous en supplie, Mademoiselle, ne pleurez pas ainsi, vous me faites de la peine !

ÉLISE

Ah! vous êtes bon, vous, Monsieur Duc. Si mon
père était comme vous !

DUC

C'est dans votre intérêt que...

ÉLISE

Non! non !... Je suis toute bouleversée... Il n'y
a que vous qui vous intéressez à moi, dans cette
maison de gens égoïstes... Voulez-vous m'aider à
sauver mon bonheur ?

DUC

Je suis tout à vos ordres...

ÉLISE

Ah ! je le sais depuis longtemps... Vous êtes bon
pour moi, Monsieur Duc... Je sais que vous avez
des attentions délicates à mon égard. Si je n'ai pas
répondu à votre affection, ce n'est pas par indiffé-
rence. Mais vous n'avez que votre bon cœur... et
jamais mon père n'aurait consenti...

DUC

Je ne vous suis donc pas indifférent ?

ÉLISE

Oh ! non, Monsieur Duc... je dis peut-être des
sottises... mais je ne prends Ludovic que parce qu'il
est votre ami et que je ne puis faire mieux.

DUC

A part. Ah ! mon Dieu ! Elle m'aime donc... et
sans ma pauvreté !...
Tout haut. Enfin, voyez, réfléchissez... je n'ai qu'un
désir, c'est de faire votre bonheur... Si vous pré-
férez Ludovic, nous ferons l'impossible... Si vous
renoncez à lui, ma tante a des relations... nous
chercherons ailleurs...

Ils chantent.

ÉLISE

Eh bien ! monsieur, donnons-nous donc la main,
Vous serez récompensé, je le jure !
Ainsi, monsieur, en cette aventure
Nous trouverons le bonheur de l'hymen.
Pour triompher de notre triste sort,
Dans mon cœur j'accepte l'augure,
Tous les deux soyons au moins d'accord
Et nous vaincrons, je vous l'assure.

Duo

DUC

> Eh bien ! Elise, donnons-nous donc la main,
> Je vous récompenserai, je le jure !
> Allons, Elise, en cette aventure
> Nous calmerons tous deux notre chagrin.

ÉLISE

> Eh bien ! monsieur, soyez-en bien certain,
> Je vous le dis, j'en accepte l'augure,
> Oui nous vaincrons dans cette aventure
> En unissant notre triste chagrin.

SCÈNE II

ALIVONIS, DUC

ALIVONIS, rentrant

Qu'y a-t-il de nouveau ?

DUC

Depuis que vous êtes parti personne n'est venu.

ALIVONIS

Je vous ai cependant entendu parler...

DUC

C'est mademoiselle Elise qui me demandait votre
courrier, comme tous les jours, mais je...

ALIVONIS

Oh ! tranquillisez-vous. Je vous permets de parler
à ma fille. Je connais votre honorabilité et votre bon

sens. Votre état de fortune ne vous laisse aucun espoir d'arriver jusqu'à elle, et votre loyauté ne peut que lui suggérer de bons conseils...

DUC

C'est ce que je ferai toujours !

ALIVONIS

Aujourd'hui, je veux vous demander de faire plus. J'ai appris que votre tante se mêle depuis quelque temps de mariages. Son frère, votre père, avant son départ pour Alger, avait de nombreux et riches amis. Elle a su profiter de cet avantage pour se créer des relations dans le monde. .

DUC

En effet, ma tante est chargée en ce moment de marier un riche avocat de Paris. Mais cet avocat a des prétentions très élevées. Il ne demande pas moins de 800,000 fr. à un million. Si cette affaire réussit, ma tante peut gagner 30,000 francs.

ALIVONIS

Eh bien ! alors ? Si je vous chargeais de trouver un bon parti pour une jeune fille charmante, ne vous en occuperiez-vous pas... avec célérité et discrétion ?

DUC

Peut-être !

ALIVONIS

Pourquoi tant de mystères entre nous ? je veux être franc. Il s'agit de ma fille Elise. Ce jeune Ludovic me faisait trop attendre avec sa tante malade. Je ne puis cependant pas lui demander de la tuer, cette vieille bonne femme ! Fatigué d'espérer une fortune qui ne vient jamais, j'ai rompu avec Ludovic, et je suis à la recherche d'un gendre. Coûte que coûte, trouvez-moi ce gendre !

DUC

Mais cela regarde ma tante, madame Duc.

ALIVONIS

Eh bien ! allons voir Madame Duc.

Ils sortent.

SCÈNE III

LUDOVIC, Mme DUC

Mme DUC, entrant chez elle dans le cabinet d'affaires

Voici ce pauvre Ludovic qui monte sur mes pas. Je suis sûre qu'il vient me conter ses chagrins d'amour. Alivonis aura refusé son consentement... que veut-il que j'y fasse ?

On sonne.

Entrez, Monsieur Ludovic ?

LUDOVIC

Ah ! Madame, tout est fini !

Mme DUC, à part

J'en étais sûre. A Ludovic. Quoi donc ?

LUDOVIC

Le mariage est rompu !

Mme DUC

Calmez-vous ! Cela peut s'arranger. Après tout, aimiez-vous Elise au point de vous désespérer ?

LUDOVIC

Je n'en étais pas fou. Mais avec sa fortune, c'était un honnête parti.

Mme DUC

Sa fortune ! Mais je ne pense pas que M. Alivonis soit disposé à de grands sacrifices !

LUDOVIC

Enfin, il y aura toujours quelque chose !

Mme DUC

Qui le sait ?...

LUDOVIC

Que dites-vous là ?... Savez-vous si Duc a remis ma lettre à Elise ?

Regardant par la fenêtre. Diable ! voici Duc et Me Alivonis. S'ils venaient ici ?

Mme DUC

Me Alivonis ne vient jamais ici. Ce n'est qu'un pied à terre pour moi dans ce quartier. A moins que Duc ne l'y amène ?

LUDOVIC

Mais, oui ! Ils sont entrés... Faites-moi donc passer dans une autre pièce.

Mme DUC

Je n'en ai point !

LUDOVIC

Alors ?

Mme DUC

Il faut vous cacher dans cette armoire... Si Me Alivonis vous voyait ici, il croirait que mon neveu vous fait la main pour sa fille, et il serait capable de le renvoyer de son étude.

Ludovic entre dans l'armoire.

Mme DUC, fermant la porte

Surtout n'éternuez pas !... respirez par la serrure...

SCÈNE IV

Mme DUC, ALIVONIS, DUC

DUC, entrant

J'ai l'honneur de te présenter mon chef, Me Alivonis,
qui vient te parler pour une affaire sérieuse.

ALIVONIS

Je suis enchanté, Madame, de faire votre connais-
sance.

Mme DUC

Votre amabilité est partagée, Monsieur.

ALIVONIS

Je ne doute pas de votre amabilité, Madame, et
je viens aujourd'hui la mettre à l'épreuve.

DUC

Il fait bien chaud. Tu ne nous offres rien ?

Mme DUC

Je ne suis pas chez moi ici, tu le sais bien, ce
n'est qu'un modeste bureau pour mes affaires.

DUC

Mais tu avais, hier encore, dans l'armoire, une
bouteille de cerises, des pruneaux, du vin blanc doux.

Mme DUC

Tout est fini.

DUC

Mais non, impossible !

Mme DUC

Mais si !

> Duc veut se rapprocher de l'armoire, sa
> tante l'en empêche.

SCÈNE V

LES MÊMES

DUC

Laissez-moi donc, ma tante
Prendre quelques pruneaux et l'excellent vin blanc.

Mme DUC

Je suis très impatiente,
Cher Duc, n'insiste pas ou je te laisse en plan.

ALIVONIS

Merci, je viens de boire,
De grâce, mes amis, laissez donc cette armoire,
Et je puis bien attendre.
Rasseyez-vous, pardieu,
Je me mets au milieu !

> Il se met entr'eux deux.
> On entend du bruit dans l'armoire.

ALIVONIS, DUC, Mme DUC

Trio

Amis, faisons silence,
Car dans cette maison,
J'en ai bien l'assurance,
Le mur n'est que cloison.

DUC

Je n'y puis rien comprendre,
Pourquoi ne rien offrir,
Pourquoi nous faire attendre,
Vraiment, c'est trop souffrir.

ALIVONIS, à Duc

Sois raisonnable,
Plus convenable,
Moins détestable,
Plus amiable,

Ne perdons plus de temps
Et nous serons contents.

> Bruits dans l'armoire.

Reprise du trio

Amis, faisons silence,
Car dans cette maison,
J'en ai bien l'assurance,
Le mur n'est que cloison.

SCÈNE VI

LES MÊMES

ALIVONIS

Allons ! allons ! je n'ai pas si soif... et puis, je n'ai pas le temps.

Mme DUC

De quoi s'agit-il ?

DUC

Me Alivonis a une charmante demoiselle qu'il désirerait marier.

ALIVONIS

Elle m'a été demandée hier en mariage par mon ancien premier clerc, un certain Ludovic, un garçon sans qualité, sans argent... Entendant remuer dans l'armoire. On dirait qu'il y a quelqu'un là...

Mme DUC

Ce sont les voisins d'à-côté.

ALIVONIS

On ne nous entend pas au moins ?

Mme DUC

Oh ! non ! On entend du bruit, mais on ne peut distinguer les paroles.

ALIVONIS

Tant mieux, parce que je désire le secret le plus absolu.

Mme DUC

Ce sont là, en effet, des affaires de famille qui ne regardent personne. Mais vous pouvez vous rassurer, les murs sont en briques creuses.

ALIVONIS

Je disais donc que ma fille m'avait été demandée en mariage par un garçon sans qualité, que j'avais lestement éconduit.

Mme DUC

Dans ce cas, vous désirez peut-être un autre gendre ?

ALIVONIS

Naturellement.

Mme DUC

J'attends à l'instant un de nos voisins qui, lui, désire une femme. Vous allez pouvoir vous rencontrer dans l'escalier.

ALIVONIS

Comment s'appelle-t-il ?

Mme DUC

Duanra, vous vous verrez certainement à la porte.

DUC

Tu tiens donc bien à nous renvoyer sans même nous offrir à boire. Il va vers l'armoire.

Mme DUC

Allons, vas-tu recommencer ?

ALIVONIS, à part

Voilà une femme qui n'est pas prodigue...

DUC, à part

Ma tante fait la prude, elle ne veut pas se compromettre avec Alivonis.

ALIVONIS

Mais je n'ai pas soif, je vous assure !

Mme DUC

J'entends monter.

DUC

C'est Duanra...

Mme DUC

Tenez-vous à rester ici ?

ALIVONIS

Oui et non, je voudrais entendre sans être vu.

DUC

Mettez-vous dans l'armoire ?

Mme DUC, agacée

Tu ne vois pas que Monsieur est trop gros...
tenez, placez-vous derrière ce rideau... Il se cache.

DUC

Mais il est très mal, on voit ses pieds. Fais-le
donc entrer dans l'armoire.

Mme DUC

Je te dis qu'elle est pleine.

DUC

Pleine de quoi ?

Mme DUC

C'est trop tard... Ne bougez pas... Voici
Duanra... Au moins n'allez pas éternuer... respirez
par la serrure...

ALIVONIS

Quelle serrure ?

Mme DUC

Je me trompe... Ne respirez pas trop fort... Ne remuez pas comme l'autre.

ALIVONIS

Quel autre ?

Mme DUC

Je me trompe... Comme... comme le voisin d'à-côté tout à l'heure... Voici votre futur gendre...

DUC

Décidément ma tante déménage !

On sonne.

SCÈNE VII

DUANRA, DUC, Mme DUC

DUANRA, entrant

Bonjour Maître, bonjour mon jeune ami... Je suis en nage... Je suivais une jeune personne pour m'assurer de son adresse...

Il enlève son pardessus et se dirige vers les rideaux où se trouve Alivonis.

DUC, le lui retirant vite des mains

Vous permettez ? Il le suspend à la clé de l'armoire et fait un clignement d'yeux à sa tante qui est de plus en plus énervée.

DUC

Vous voulez donc vous marier ?

DUANRA

Je ne puis plus rester seul, sinon je me verrai forcé de bazarder mon magasin, ce qui me ferait de la peine car je réalise de beaux bénéfices.

DUC·

En effet, chaque fois que je passe devant votre boutique, je la vois pleine de monde, et puis, cette nourriture du restaurant doit joliment vous fatiguer l'estomac, n'est-ce pas ?

DUANRA

J'en suis dégoûté.

DUC

Connaissez-vous bien la jeune fille que vous suiviez tantôt ?

DUANRA

Très peu, mais je sais qu'elle aura une jolie dot, la mère est très riche.

DUC

Je suis intimement lié à une famille de bien braves gens, dont la jeune demoiselle, âgée de 26 ans environ, est instruite et charmante.

DUANRA

Aura-t-elle une belle dot ?

DUC

Oh oui ! Regardant dans la direction du rideau où se trouve Alivonis, lequel lui fait un signe négatif avec sa main ouverte, mais Duc comprend le chiffre cinq. Elle aura 5,000 fr. Alivonis fait alors plusieurs autres signes négatifs et Duc comprend autant de fois 5,000. Elle aura 10,000... 15,000... 20,000 francs et plus.

DUANRA, radieux

Enchanté, mon cher, de votre proposition, tâchez donc de me faire aboutir. Si vous réussissez, je vous fais cadeau d'un beau diamant. Si toutefois je n'étais pas accepté, voyez ailleurs, vous n'obligerez pas un ingrat.

Mᵐᵉ DUC, à son neveu

Tu sais que tu as un rendez-vous à six heures !

DUC, comprenant la situation embarrassante de M. Alivonis

En effet, tu fais bien de me le rappeler, je suis en retard, regardant la pendule... de cinq minutes.

Duanra se dirige alors vers les rideaux pour reprendre son pardessus, mais Duc le lui fait passer aussitôt.

Duanra se retire après avoir serré la main à M. et Mᵐᵉ Duc.

SCÈNE VIII

Mᵐᵉ DUC, DUC, ALIVONIS

ALIVONIS, sortant des rideaux tout en colère

A Duc. Qui vous a dit que je donnerai 5.000, 10.000, 20.000 francs de dot à Élise ?

DUC

Vous même, Monsieur, puisque vous me faisiez signe avec votre main !

ALIVONIS

Mon signe était négatif, je voulais dire : rien, rien, rien ! Ma fille vaut beaucoup plus que toutes les marchandises que cet horloger peut avoir dans son magasin.

DUC

Mais c'est pour plaisanter que vous dites ne rien donner à Mademoiselle Elise ?

ALIVONIS

Mais non, je ne veux pas faire de dot, je ne veux pas que l'on épouse ma fille pour son argent.

DUC

Mais, vous-même, vous avez bien su me demander si le jeune homme avait de la fortune, et vous refusez bien Ludovic parce qu'il n'a pas de fortune présentement.

ALIVONIS

C'est justement parce que ma fille n'a pas de dot,
qu'il faut que son mari en ait pour elle. Ce garçon,
dont je ne suis pas fâché d'avoir entendu la conversation, n'en veut qu'aux billets de banque, je crois
que vous ferez bien de voir ailleurs. Je compte sur
vous et sur Madame Duc pour cela ; cherchez parmi
les avocats, les avoués, les docteurs en médecine, les
banquiers. Voilà certes des positions qui me plairaient.
Ces personnes-là n'ont pas besoin d'argent comme
les commerçants. Tandis que votre Duanra me fait
l'effet d'avoir une araignée au plafond .

SCÈNE IX

ALIVONIS, DUC

ALIVONIS, chantant

Ah ! vraiment il est digne
          D'un cabanon
          De Charenton.
Ah ! quelle ardeur insigne,
Quel fameux et fripon
          Crampon.

DUC, retenant Alivonis par le bras

Son ardeur est permise,
Ses vœux immodérés.
Ne voit dans sa promise
Que des écus dorés.

ALIVONIS

Il a l'air grave et digne
          D'un potiron
          De Cavaillon.
Ah ! quelle ardeur insigne
Pour nos ducatons
          Tous ronds.

ALIVONIS, DUC

Duo

Ah ! vraiment il est digne
D'un cabanon
De Charenton.
Ah ! quelle ardeur insigne,
Quel fameux et fripon
Crampon.

Alivonis sort.

SCÈNE X

DUC, Mme DUC, LUDOVIC

Mme DUC

Mon Dieu que tu es long pour comprendre. Ne voyais-tu pas les signes que je te faisais ?

Ludovic sort de l'armoire tandis que Duc reste stupéfait en le reconnaissant.

DUC, bégayant

Vous... étiez là... vous ?

LUDOVIC

Oui, j'ai eu le bonheur de tout entendre et de me voir dénigrer par Me Alivonis. *Quittant la conversation subitement.* Alors Mademoiselle Elise n'a pas de dot et le vieux fait son difficile !

DUC

Il y a des espérances.

LUDOVIC

Bah ! moi aussi j'en ai des espérances, mais en attendant il faut manger. Je ne savais pas que vous vous occupiez de mariages, mais puisqu'il en est ainsi, faites une dernière tentative pour décider Alivonis à m'accepter pour gendre et à doter sa fille en ma faveur. Si vous échouez, trouvez-moi une demoiselle d'honorable famille, avec une belle fortune ; vous serez satisfaits de moi. Plus la jeune fille sera riche, plus votre rémunération sera grande. Je vous signerai un acte, si vous le désirez.

DUC

Sur ce point, je m'en rapporte à votre loyauté.

Ludovic part en serrant la main à Duc.

SCÈNE XI

DUC, Mme DUC

Mme DUC

Si tu veux marier tout ce monde là tu n'as pas fini de chercher !

DUC

Je ferai s'il le faut des annonces dans les journaux.

Mme DUC

Alors tu veux créer une agence matrimoniale ?

DUC

Oui, je veux faire en grand ce que tu fais en petit. Je veux faire fortune. Elise m'aime...

Mme DUC

Comment, la fille de Me Alivonis ?

DUC

Oui, elle-même m'a déclaré que sans ma pauvreté...

Mme DUC

Et le père, ton chef ?

DUC

Je me moque de lui... Je lui donne moi-même ma démission... J'en ai assez de ce métier de gratte-papier, de meurt de faim.

Mme DUC

Ah! mon pauvre neveu, l'amour te rend fou ?

DUC

Ce n'est pas de la folie, c'est de l'audace. Puisque pour aimer il faut être riche, je serai riche, dussè-je aller au bout du monde creuser le Canal de Panama.

Mme DUC

Oui, tu feras comme mon pauvre mari, ton oncle, qui, pour vouloir courir les mers, s'est noyé avec son navire, toute notre fortune.

DUC

Mon père, lui, ne s'est pas noyé. C'est un riche armateur d'Alger.

Mme DUC

Ne me parles pas de ton père. Il t'a abandonné à mes soins, avec une pension dérisoire ...

DUC

Ne dis pas du mal de mon père. Il n'est pas coupable. C'est sa seconde femme qui a tout fait. Après la mort de ma mère, il crut devoir se remarier pour refaire sa fortune. D'abord, tout alla bien pour moi, mais quand cette méchante marâtre m'eût donné une sœur, que j'ai à peine connue, je fus de trop dans la maison. Tu n'avais pas d'enfant, je n'avais plus de mère, il était naturel de nous rapprocher tous les deux.

Mme DUC

Ce n'était pas une raison pour t'abandonner !

DUC

Mon père était d'un caractère porté aux extrémités ; ne pouvant pas m'avoir tout entier, il n'a pu se résoudre à m'avoir à moitié. Il a préféré m'oublier.

Mme DUC

Jolie morale !

DUC

Je n'y puis rien. J'ai le sang de mon père qui bout dans mes veines. Je ne veux pas mourir rond de cuir à trois francs par jour. Je veux me jeter dans les batailles pour la vie, dans la lutte pour l'existence !

Mᵐᵉ DUC

Ce sont de grands mots vides de sens. Il n'est pas nécessaire de tourner tout à la tragédie, pour vivre modestement.

DUC

Je ne vois rien de tragique dans la fondation d'une Agence Matrimoniale sous la direction de M. et Mᵐᵉ Duc. Tu recevras les dames et moi les messieurs. Au lieu de jouer la tragédie, nous jouerons plutôt la comédie. Je suis sûr que les entrevues des futurs conjoints nous apporteront plus d'un joyeux passe-temps. Nous ne brouillerons pas nos clients entre eux, comme les avocats ; nous ne les tuerons pas, comme les médecins ; nous nous enrichirons en faisant le bonheur des familles !

Loyauté, célérité, discrétion ! Le trait d'union, vois-tu, chère tante, il n'y a que ça de vrai dans la vie !

DUC, chantant

J'ai la ferme espérance
Que la douce opulence
Enfin vers moi s'avance !
Je gagnerai de l'or,
Oui, madame ma tante,
La fortune me tente,
Je la veux pour servante
Et j'aurai mon trésor !

Mᵐᵉ DUC

Je crains que l'espérance
Longtemps ne te balance
Dans ta belle Provence;
Si le désir de l'or,

Mon cher neveu, te tente,
Moi qui suis ta grand'tante,
Je dis, plus méfiante,
Tu ne l'as pas encor !

DUC

Je le palpe d'avance,
C'est ma douce espérance ;
Moi, je veux ma pitance
Il me faut mon trésor !
Vous n'êtes pas méchante,
Mais cela vous tourmente
Vous êtes impatiente,
Elise aura de l'or !

FIN DU Ier ACTE

ACTE II

La scène représente l'intérieur d'un Bureau d'affaires. Trois portes. Une table, des chaises, etc.

SCÈNE PREMIÈRE

DUC, Mme DUC

DUC, entrant avec un paquet de lettres

Nos annonces ont déjà produit leur effet. Vois donc ce paquet de lettres. Pourvu qu'il y ait autant de messieurs que de demoiselles !

Mme DUC

Pour une demoiselle, il y a toujours dix futurs maris !

DUC

. Ce n'est pas flatteur pour le sexe fort.

Mme DUC

Que dirais-tu donc des abeilles qui comptent une seule reine pour dix mille mâles ?

DUC

Tes abeilles n'ont pas plus le sens commun que le grand Turc, qui, à lui seul, possède plus de reines que toutes les Cours d'Europe réunies. Dans les mariages bien assortis, il faut autant d'hommes que de femmes. Chacun sa chacune.

Décachetant une lettre, il lit à haute voix.

« Madame Duc,

« J'ai lu dans le journal de mon coiffeur que vous
« désirez vous marier en offrant 500.000 francs. Si
« vous n'avez pas davantage, je m'en contenterai. »

A sa tante.

Il croit que c'est toi qui veut te marier, celui-là.

Il lit une autre lettre.

« J'ai servi loyalement ma patrie. Même que j'ai
« contracté deux blessures : l'une au Dahomey, l'autre
« à la cuisse droite. Si ces deux anecdotes vous
« paraissent susceptibles d'un beau mariage, mon espé-
« rance et ma vieille mère seront au comble. Subsé-
« quemment, envoyez-moi l'argent pour le voyage.
« Je vous salue militairement, comme ma future et
« heureuse moitié.

« JEANNE BONNET,

« Ex-cantinière au 3me tonkinois, rue
« de Ponthieu, 13, à Dijon. »

Mme DUC

Celle-là, c'est une cliente pour rire... pas même
un timbre pour la réponse.

DUC, lisant une autre lettre

« Marseile, le........

« Madame Duc,

« J'ai 46 ans, 300.000 fr. de fortune, propriétaire
« d'un brevet pour les crinolines imperméables. J'ai
« un commerce considérable sur les bras depuis la
« mort de mon père qui m'a détourné du mariage.
« Aujourd'hui, je désirerais un mari honnête et sérieux
« pour m'aider dans les affaires. Je viendrai vous
« voir tantôt. »

« Demoiselle ESCOFFIER. »

Mme DUC

Ça vaut mieux que le coup de la cantinière... Tu
peux inscrire la demoiselle Escoffier sur le registre
des personnes solvables.

On sonne.

SCÈNE II

DUC, MARGOSTEIN

MARGOSTEIN

Mein herr Douc ?

DUC

C'est moi-même, que désirez-vous ?

MARGOSTEIN

Mhir marier, naturlich !... Je m'appelle Margostein. J'arrive de Genève... Ché suis Suisse. J'ai
45 ans. J'ai une fabrique pour les cerceaux en gutta-
percha des crinolines insubmersibles. Si vous bouviez
me trufer oune betite femme, pien riche, naturlich,
ça ferait pien mon affaire pour ma betite commerce.

DUC

Si vous avez des titres pour me garantir votre
passé et que ce que vous avancez soit exact, j'ai
peut-être votre affaire. Une demoiselle à peu près de
votre âge, s'occupant précisément de crinolines breve-
tées, mais je ne crois pas qu'elle épouse un étranger.

MARGOSTEIN

Ah ! suis naturalisé Français et Allemand. Comme
ché suis né en Suisse, d'un père Italien et d'une
mère Polonaise, je puis me marier dans toute l'Europe.

DUC

C'est très commode. Mais encore faut-il choisir
une patrie.

MARGOSTEIN

Je choisis celle de ma femme, naturlich !... Cette
personne me convient de tout mon cœur... O mein
gott ! ia ! ia ! tenez, che l'aime déjà.

Il chante en allemand, air criard.

(*) Gehen wir doch
Zu den binen
Fort sie fligen
Den binen stoch.

DUC

Est-ce que c'est l'hymne russe que vous nous chantez-là ? Chantez-nous donc en français...

MARGOSTEIN

Ia ! ia !

Il chante :

On barle de fous dans toute la France,
Martinique, l'Inde, le Sénégal,
Je fiens de bien loin dans votre agence
Pour fille française, le reste m'est égal.
On dit que vous seriez capable
D'unir Vénus au Vatican ;
Aussi me trouvant mariable,
Je bous d'amour gomme un volcan.

En Suisse, en Allemagne, dans l'Angleterre,
On peut trufer un' bonn' barti ;
Entendant parler de vot' ministère,
Pour me marier vit' je suis barti.
Tout, dit-on, vous est accessible
Dans l'union des deux époux,
Fous triomphez de l'impossible
Et c'est bourquoi je fiens à fous.

DUC

Merci du compliment. Maintenant, j'aimerai bien savoir au préalable ce que vous me donnerez pour

(*) Allons-nous donc
Vers les abeilles
Au loin elles volent
A la ruche.

mes peines et soins en cas de succès, car vous ne devez pas ignorer que je ne fais pas des mariages uniquement pour le plaisir de propager l'espèce humaine.

MARGOSTEIN

Che gombran pas... l'esbèce humaine !

DUC

Enfin, mes honoraires...

MARGOSTEIN

Che gombran pas ces mézo noraires là... Che vous demande seulement l'adresse de la betite femme.

DUC

Et moi, je vous demande des espèces sonnantes.

MARGOSTEIN

Des esbèces humaines, ou des esbèces sonnantes ?

DUC

Pas d'argent, pas de Suisse !

MARGOSTEIN

Ia ! Che gombran. Che suis naturalisé de France... Je donne pas d'argent parce que je suis pas de Suisse.

DUC

Pas d'argent, pas de demoiselle.

MARGOSTEIN

Ia ! ia ! la betite demoiselle vous baiera la betite commission.

DUC

Non ! non ! c'est le monsieur qui paie.

MARGOSTEIN

Chamais ! chamais ! C'est la demoiselle qui baie... touchour ! touchour !

DUC

En Allemagne, c'est possible ; mais en France,
jamais.

MARGOSTEIN

Chamais ! chamais !

DUC, l'imitant

Chamais ! chamais ! Eh pien ! chamais ! chamais !
vous n'aurez son adresse.

MARGOSTEIN

Mais buisque la demoiselle vous baiera.

DUC

Signez-moi ce modeste engagement, payable après
le mariage, et je vous mets en rapport.

MARGOSTEIN

Foi d'Allemand, je ne signe rien. Je gonnais assez
de détails pour trufer tout seul cette betite femme.
Fous dites qu'elle a un brevet bour les crinolines
imperméables ?...

DUC

Je ne sais rien...

MARGOSTEIN

Moi, je sais quelque chôsse ! Che trouverai bien
la betite femme, sans bayer la betite gommission.

On sonne. Il sort.

SCÈNE III

DUANRA, DUC

DUANRA, entrant

Etes-vous occupé, Monsieur Duc ?

DUC

Toujours à votre service. . Vous faites bien de venir ; parmi ces nombreuses lettres, il y a une demande d'une certaine dame (veuve Ratafia) qui me paraît bien vous convenir : 100.000 francs. Elle doit venir tout à l'heure. Vous pourrez lui parler. Mais, dites-moi d'abord si vous n'êtes pas déjà inscrit dans une autre agence matrimoniale ?

Je vous fais cette demande, car Mᵐᵉ veuve Ratafia, qui est d'une nature très franche, nous a dit qu'elle avait déjà été mise en relation, dans une autre agence, avec un Monsieur qui, sauf l'état de votre fortune, paraîtrait être vous-même.

DUANRA

Oh ! pour ça, jamais.

On sonne.

DUC

Tenez, on sonne. C'est peut-être la veuve en question. Entrez dans ce cabinet. Si l'affaire peut s'arranger, je vous présenterai l'un à l'autre.

SCÈNE IV

Vᵛᵉ RATAFIA, Mᵐᵉ DUC, DUC

Vᵛᵉ RATAFIA

Madame Duc ?

DUC

C'est ici.

Vᵛᵉ RATAFIA

Pas vous, Madame Duc.

DUC, offrant une chaise

A l'instant, elle va être à vous.

Mᵐᵒ DUC, arrivant

Vous désirez me parler, Madame ?

Vve RATAFIA

Oui, [Madame. Vous m'avez écrit au sujet d'un certain Monsieur. Avant d'avoir une entrevue avec lui, je tiens à savoir s'il ne s'est pas déjà présenté à l'Agence Sadoulet ?

Mme DUC

M. Duc lui en a parlé.

Vve RATAFIA

Faites donc revenir M. Duc, alors !

DUC, arrivant aussitôt

Ce Monsieur n'est pas le même, puisqu'il m'affirme n'avoir jamais mis les pieds dans une autre agence que la mienne.

Vve RATAFIA

Tant mieux. Je suis rentière à Marseille, veuve, encore jeune et jolie, n'est-ce pas, Monsieur ?

DUC

En effet, Madame, vous avez de jolis restes.

Vve RATAFIA

Quel âge me donneriez-vous ?

DUC, réfléchissant

La quarantaine.

Vve RATAFIA

Plus jeune, regardez donc ce visage frais ? Vous n'êtes pas physionomiste, Monsieur ! Rappelez Madame, je vous prie, et vous verrez, certes, qu'elle ne me jugera pas si vieille.

Duc rappelle sa tante, qui arrive.

Vve RATAFIA, à Duc

Ne dites rien, et laissez répondre, s'il vous plait, Madame.

A Mme Duc. Quel âge me donneriez-vous, Madame ?

Mme DUC, réfléchissant

La cinquantaine ?

Duc ne peut se retenir d'éclater de rire.

Vve RATAFIA

C'est sans doute mon costume qui me fait paraître si avancée en âge.

Mme DUC

Vous êtes plus âgée que cela ? On ne le dirait pas !

DUC

Je remarque, en effet, que vous n'avez pas beaucoup de rides. J'ai dit 40 ans, ma tante cinquante, dites-nous donc lequel de nous s'en est le plus rapproché ?

Vve RATAFIA

Ni l'un, ni l'autre, car je ne suis âgée que de 46 ans et quelques mois.

Mme DUC

Eh bien, alors ! mon neveu ne s'est pas trompé beaucoup.

Vve RATAFIA

M. Duc s'est grossièrement trompé et vous encore davantage, puisqu'il y a quelques années à peine, on ne me donnait que 35 ans, et encore je sortais de maladie.

DUC

Avez-vous de la fortune ?

Vve RATAFIA

100,000 fr. en bonnes valeurs.

DUC

Avez-vous des enfants ?

Vᵛᵉ RATAFIA

Je n'en ai jamais eu.

DUC

Mais vous en aurez peut-être !

Vᵛᵉ RATAFIA, timidement

Oh ! peut-être ? je me sens en effet encore le cœur jeune.

DUC

Epouseriez-vous un industriel, âgé de 36 ans, 50,000 fr. de fortune ?

Vᵛᵉ RATAFIA

Quelle est la position commerciale de ce Monsieur ?

DUC

Il est propriétaire d'un magasin qui lui rapporte 20,000 fr. par an, dit-on.

Vᵛᵉ RATAFIA

S'il est distingué, s'il est bel homme, vous pouvez lui parler de moi ; mais au moins ne lui dites pas mon âge exact. Dites-lui plutôt que j'ai la trentaine.

DUC

Vous vous expliquerez avec lui. Voulez-vous me donner votre adresse ?

Vᵛᵒ RATAFIA

Me promettez-vous la discrétion ?

DUC

C'est un culte chez moi.

Vᵛᵉ RATAFIA

Rue Cannebière... mon bon ! C'est moi qui vous ai écrit ce matin, j'ai voulu voir si vous devineriez mon âge !... Mais dites-moi, est-il véritablement bien ce Monsieur ?

DUC

Oh ! très bien.

Vᵛᵉ RATAFIA

Je me sens toute émue...

DUC

Et le motif ?

Vᵛᵉ RATAFIA

Une première présentation est toujours pénible.

DUC

Ne craignez rien, Madame, ce Monsieur est très aimable, vous serez vite à votre aise.

Duc introduit Duanra.

SCÈNE V

LES MÊMES, DUANRA

Les acteurs improvisent une scène de salutations comiques. Duanra et veuve Ratafia chantent en duo, chacun sur un côté du théâtre, sans se regarder.

Vᵛᵉ RATAFIA

Je ne cherche pas la fortune,
L'argent n'est pas tout dans l'hymen ;
Si l'on ne s'aime, c'est coutume
Qu'on se boude le lendemain.
Veille sur moi, sainte Madone,
Le mariage c'est pour toujours,
Que ta bonté sans fin me donne
De francs et sincères amours.
J'aime une allure martiale
Chez un mari, bon, prévenant ;
La douceur matrimoniale
Rend l'amour solide et constant.

DUANRA

Je ne veux pas femme commune,
Mais des goûts simples, un cœur humain,
Aimant sans cesse et sans rancune,
Un portrait, enfin, surhumain.
Je veux aussi qu'elle me donne
De francs et sincères amours.
Mon Dieu, d'en haut ta voix résonne,
Protège-moi et pour toujours.
Ayant la foi bien conjugale,
Comme une femm' m'appartenant,
La chambre neuve, nuptiale,
Et cent mill' francs d'argent comptant.

Ils finissent par s'asseoir.

DUANRA

Hum ! hum !

Vᵛᵉ RATAFIA, à part

Cette tête ne m'est pas inconnue...

DUANRA, à part

J'ai déjà vu cette tête-là quelque part...

Vᵛᵉ RATAFIA, se levant

Mais, Monsieur, vous m'avez été déjà présenté à l'Agence matrimoniale Sadoulet...

DUC, à Duanra

Comment, vous m'avez dit que jamais...

DUANRA

C'est vrai, j'avais oublié... je me rappelle parfaitement Madame, sauf le costume et la fortune.

DUC, à Madame Ratafia

Mais vous, Madame, vous m'aviez dit aussi...

Vᵛᵉ RATAFIA

Comment voulez-vous que je devine... L'Agence Sadoulet ne m'avait annoncé ni le même chiffre pour la fortune, ni le même âge. Je ne pouvais pas savoir que votre client était la même personne.

DUC

Mais alors vous ne vous êtes point convenus tous les deux ? Pourquoi le mariage ne s'est-il pas fait ?

DUANRA

Madame me convenait beaucoup, mais Sadoulet me dit que Madame n'acceptait pas ?

Vᵛᵉ RATAFIA

Ce Sadoulet est un drôle de pistolet ; il me dit à moi, que je ne vous convenais pas, et mes cinquante francs furent perdus.

DUANRA

Moi également, je donnai 50 fr. à ce type, à votre occasion.

DUC

Voyons, expliquez-vous, je ne saisis pas bien !

DUANRA, à veuve Ratafia

Il m'avait dit que vous possédiez 400,000 fr.

Vᵛᵉ RATAFIA

Et à moi aussi ; vous aviez 400,000 fr.

DUANRA

Pour me mettre en rapport avec vous, il me demanda 50 fr. et, naturellement, je ne balançai pas pour les lui remettre.

Vᵛᵉ RATAFIA

Et à moi aussi, 50 fr. pour avoir 400,000 fr. je ne trouvai pas cher !

DUANRA, se frisant les moustaches

400,000 fr. et un homme !

Vᵛᵉ RATAFIA

400,000 fr. et une femme !

DUC

Vous avez été roulés tous les deux. Avez-vous fait une promesse à l'agence Sadoulet ?

Vᵛᵉ RATAFIA

Non. Vous comprenez qu'on cherche le meilleur parti... Puisque nous n'avons pu trouver mieux ni l'un ni l'autre, peut-être pourrons-nous nous arranger ici.

DUC

C'est cela, tâchez de vous entendre.

SCÈNE VI

LES MÊMES

DUANRA

C'est pour la première fois, Madame, que je désire contracter mariage !

Vᵛᵉ RATAFIA

Moi, c'est pour la deuxième fois... Mon second mari...

DUANRA

Mais alors, vous êtes veuve pour la seconde fois ?

Vᵛᵉ RATAFIA

Naturellement. Si je ne m'étais mariée qu'une fois, mon second mari ne m'aurait pas laissé toute sa fortune... Oh ! qu'il était aimable...

DUANRA

A quelque chose malheur est bon !...

Vᵛᵉ RATAFIA, riant

Si vous vouliez venir me voir, je vous recevrais en compagnie d'une de mes amies.

DUANRA

Une de vos amies, pourquoi faire ?

Vᵛᵉ RATAFIA, timidement

Ah ! une jeune femme !

DUANRA, riant

Une jeune femme mariée deux fois...

Vᵛᵉ RATAFIA

Eh bien, puisque vous avez si bon caractère, je ne vous cacherai pas que je suis veuve pour la troisième fois.

DUANRA

Comment ! Pour la troisième fois ?

Vᵛᵉ RATAFIA

Certainement. Et même que ce dernier mari m'a également tout laissé !...

DUANRA, à part

Mais alors, elle m'enterrera aussi, cette femme. Mais bah ! il y a compensation d'argent ! et puis (se frappant sur le bras) j'ai des biceps !...
Tout haut. C'est peu rassurant pour votre quatrième époux.

Vᵛᵉ RATAFIA

Je ne désire pas votre mort, certes, mais enfin, si ce malheur m'arrivait encore, que voudriez-vous que j'y fasse... Je vous pleurerais sincèrement...

Elle lui passe sa carte.

Au revoir, nous nous reverrons. Elle sort.

DUANRA, seul, à Duc, en sortant

J'oubliais de vous dire que ce mariage est impossible !

DUC

Et pourquoi cela ?

DUANRA

Parce que j'ai signé un premier engagement chez
M. Sadoulet. Si je me mariais avec la veuve Ratafia,
il me faudrait payer deux fois, et chez vous, et chez
Sadoulet, mes moyens ne me permettent pas...

DUC

Allons, bon ! encore un mariage raté... Pauvre
Elise ! Pauvre Elise ! Décidément, je ne ferais pas
fortune avec mon agence.

Duanra sort. Mme Duc rentre.

SCÈNE VII

DUC, Mme DUC, ÉLISE

DUC

Décidément, le métier ne va pas.

Mme DUC

Il ne faut pas se décourager si vite. Je ne voulais
pas ouvrir cette agence. Mais maintenant qu'elle est
ouverte, il faut aller jusqu'au bout.

On sonne.

DUC

Voici un client. J'aime mieux te laisser faire. Moi,
j'ai trop de guignon.

Il sort.

ÉLISE, entrant

Bonjour, Madame, je ne fais qu'entrer et sortir. Si
mon père me savait ici, il me gronderait vertement.
Je viens savoir où en est mon affaire... qu'à dit
mon père ?

Mme DUC

Rien n'est décidé... Mais vous pourriez nous aider
beaucoup. J'ai à marier un riche avocat de Paris...

Il y aurait quelques mille francs à faire gagner à l'Agence Duc... Cela pourrait décider votre père en faveur de Duc... Vous avez une cousine religieuse qui pourrait voir la famille...

ÉLISE

Je sors de chez elle... J'étais au courant de l'affaire par un mot d'avis que m'avait transmis votre neveu... Malheureusement, ma cousine ne veut rien faire. Elle m'a dit qu'elle ne se mêlait pas de ces affaires-là... Allons, je me sauve... j'entends monter... Mes amitiés à M. Duc.

Elle sort.

SCÈNE VIII

Mme DUC, UNE DEMOISELLE

Mme DUC

Encore un mariage de manqué, je n'ai pas plus de bonheur que mon neveu.

On sonne.

LA DEMOISELLE, un livre à la main

Madame Duc ?

Mme DUC

C'est moi même, donnez-vous la peine d'entrer.

LA DEMOISELLE

Je suis tout émotionnée... C'est la troisième fois que je viens chez vous sans oser entrer. Aujourd'hui, j'ai pris mon courage à deux mains, et me voici... C'est à l'insu de maman que je me hasarde à faire cette démarche... J'ai dit que j'allais à la messe... Car maman a horreur des agences... Mais ce qui m'enhardit surtout, c'est que vous portez un nom qui ne m'est pas inconnu... Mon père vient de se séparer d'avec ma mère. Quoique fort riche, je suis malheureuse toute seule... Je ne demande pas un parti pour l'argent. Je suis riche pour deux.

Mme DUC

Vous serez facile à contenter, mademoiselle, car ordinairement...

LA DEMOISELLE

Je veux un homme pauvre, mais distingué.

Mme DUC, à part

Tout à fait comme mon neveu... Si Elise lui échappe, j'ai son affaire... Je vais l'avertir de la regarder quand elle sortira. Tout haut. Je vous laisse une minute pour aller consulter mon registre.   Elle sort.

LA DEMOISELLE, regardant sur la table

Tiens, ma photographie !... C'est bien moi... Une lettre de maman...

« Mme A. D., poste restante... Sa fille, 22 ans,
« 800.000 fr. de dot et des espérances triples... Ah!
« c'est drôle... rien des agences... »

On ne veut pas de la publicité et l'on s'en sert quand même... C'est l'américanisme qui pénètre en France... C'est moi qui vais plaisanter cette bonne maman avec son horreur des agences...

Ah ! tiens il y a un post-scriptum :

« Moi même je vis séparée de mon mari, si le
« divorce m'est accordé, je me remarierai après ma
« fille, car je ne me sens pas le courage de rester
« seule ; nous reparlerons de cela à une autre
« occasion. »

Je vois enfin que si je ne retrouve pas celui qui fait l'objet de mon désir, je me marierai tout de même, puisque maman s'en occupe.

Se mettant à genoux et levant les yeux au ciel.

Sainte-Marie, faites que je marie !
Saint-Macaire, avec un notaire !
Sainte-Prudence, Ludovic de préférence !
Sainte-Alphonsine, ses beaux yeux m'assassinent !
Sainte-Geneviève, de lui j'en ai la fièvre !
Sainte-Magdeleine, sortez-moi de la peine !
Saint-Pardoux, il me faut un époux !

Saint-Yvon, qu'il soit bon garçon !
Saint-Polydore, qu'il m'adore !
Sainte-Félicité, qu'il fasse ma volonté !
Saint-Laurent, qu'il me soit constant !
Sainte-Thérèse, j'en serai bien aise !
Saint-Etienne, priez Dieu qu'il vienne !
Saint-Martial, par le "Matrimonial" !
Sainte-Brigitte, pour me marier vite !
Saint-Luc, par M. et Mme Duc !
Saint-Nicolas, ne m'oubliez pas !

Amen.

Mme DUC, rentrant

Eh bien ! c'est convenu, Mademoiselle, j'espère
vous donner une prompte solution.

LA DEMOISELLE

Au moins n'en dites rien à maman !

Mme DUC

Vous pouvez y compter.

La Demoiselle sort.

Mme DUC

Et sa mère qui m'a envoyé sa photographie pour
la marier !... La mère et la fille qui jouent à cache-
cache !... Décidément cela tourne à la comédie...
Il n'y manque que la recette... Nous n'avons que
des billets de faveur...

SCÈNE IX

DUC, Mme DUC

Mme DUC, à Duc qui rentre

Eh bien ! l'as-tu vue ? Te plait-elle ?

DUC

Oui, mais pas tant qu'Elise !

Mme DUC

Allons, sois raisonnable. Renonce à Elise, et ne laisse pas échapper ce bon parti.

DUC

Oui, ce serait curieux, si en voulant marier les autres, je me mariais moi-même. Mais je tiens trop à Elise pour y renoncer si vite.

Mme DUC

Tu n'auras jamais Elise ! Crois-tu t'enrichir avec ta cantinière, ton Suisse, ton Duanra, ton avocat de Paris qui te claquent tous dans la main... Sois bien content, si ton agence peut te marier... en qualité de jeune homme pauvre.

On sonne.

SCÈNE X

LES MÊMES, LUDOVIC

LUDOVIC, en deuil

Ma pauvre tante vient de mourir ! J'ai appris sa mort ce matin, par un télégramme... Je suis en deuil...

DUC

Alors te voilà riche ? A part. Pauvre Elise ! c'est fini pour moi !

LUDOVIC

Ça va radoucir ce vieux Alivonis... Tu vas le voir à quatre pattes devant moi... A propos n'as-tu pas encore vu ta marâtre et ta sœur ? J'ai appris qu'elles sont à Marseille depuis un mois. Ton père se serait séparé de cette méchante femme... On me les a déjà montrées une fois sur les Allées de Meilhan. Tu ne savais pas ?... Mais il n'y a que toi à ne pas le savoir. Je crois même avoir rencontré ta sœur à l'instant, dans la rue... Tu l'as vue passer sous tes yeux, tout à l'heure, quand tu étais à la fenêtre... Tu ne l'as pas reconnue ?...

DUC

Comment veux-tu que je la reconnaisse, puisque je
ne l'ai pas revue depuis vingt ans ?... A part. C'est
elle qui sort d'ici... 22 ans, riche... son père séparé...
il n'y a pas de doute possible... Encore un mariage
de manqué... pour moi cette fois... puisque c'est ma
sœur... Et Ludovic devenu riche m'enlève Elise...
Ah ! c'est trop ! c'est trop !

LUDOVIC

Quoi donc, tu n'es pas content de retrouver ta
sœur ?

DUC

Ce n'est qu'une étrangère pour moi... Quand on
n'a pas la même mère... Pourquoi faut-il que le père
soit le même ?

SCÈNE XI

LES MÊMES, ALIVONIS

ALIVONIS

Ah ! vous voilà, mon cher enfant ?...

LUDOVIC, à part

Déjà son enfant !

ALIVONIS

Je viens d'apprendre...

LUDOVIC, à part

Cela se voit !

ALIVONIS

Que vous avez eu le malheur...

LUDOVIC, à part

D'hériter...

ALIVONIS

De perdre cette chère tante... qui vous aimait
tellement...

LUDOVIC, tout haut

Oui, elle me fait son héritier... Allons! allons! en voilà assez... On voit bien que vous n'étiez pas dans l'armoire... à respirer par la serrure...

ALIVONIS

Quelle armoire ? quand est-ce ?

LUDOVIC

Quand vous étiez derrière le rideau ?...

ALIVONIS, très surpris

Quelle armoire ?... Quel rideau ?... Ah ! mon Dieu ! c'est vous qui étiez ce vin blanc mystérieux... C'est vous qui avez fait ce bruit... Vous étiez dans l'armoire ?... Alors vous avez entendu ce que je disais de vous... Ne croyez pas, au moins que j'ai voulu... Mais, à propos, mon cher Duc, vous êtes filouté par votre gredin de Suisse... Tenez...

Il lit sur un journal, le "Petit Marseillais".

« On demande l'adresse à Marseille d'une demoi-
« selle orpheline de père et de mère, âgée de 40 ans
« environ, exploitant un brevet pour les crinolines
« imperméables... Ecrire, bureau restant, Margos-
« tein, à Genève. »

DUC

Margostein ! mais c'est mon Suisse... Encore un mariage qui se fera sur mon dos... Canaille ! Celui-là, je le reverrai ! Il payera pour les autres, je vais lui télégraphier l'adresse de mon domicile privé qu'il ne connaît pas... Je vais lui faire croire que ma bonne Julie est la demoiselle au brevet... et puisqu'il a voulu me faire chanter, du moins, je le ferai danser !

Il chante.

C'est bien vrai,
En effet,
Ce trait
Paraît
Parfait.

Et je puis concevoir
Encore de l'espoir.
Oui, chère tante,
Sois contente,
Ça rend le bonheur
A mon cœur.

ALIVONIS

Vous pensez donc qu'il sera si facile...

DUC

Oui, je promets de l'attraper...

ALIVONIS

De l'attraper... cet imbécile ?... Vous ne pourrez,
hélas, jamais le retrouver !

DUC

Moi, je promets, j'ai confiance
En sa lourde sottise, et c'est là mon bonheur !
Il reviendra... par une heureuse chance !
Nous reverrons ce gros farceur !

TOUS ENSEMBLE

C'est bien vrai,
En effet,
Ce trait
Paraît
Parfait
Et je puis concevoir
Encore de l'espoir.
Oui, chère tante,
Sois contente,
Ça rend le bonheur
A mon cœur.

FIN DU DEUXIÈME ACTE

ACTE III

La scène représente un salon modestement meublé. Doubles portes. Doubles fenêtres.

SCÈNE PREMIÈRE

Mᵐᵉ DUC, DUC

Mᵐᵉ DUC, montrant une lettre

Il a répondu par un commissionnaire.

DUC

Margostein ?

Mᵐᵉ DUC

Lui même, voici sa réponse.

DUC

Voyons cette aimable missive.

Il lit.

« Mademoiselle Julie,

« Je suis arrivé cette nuit, exténué de fatigue, mais
« je suis heureux d'avoir appris votre adresse par
« vous-même et je ne regrette pas les trois francs
« que j'ai dépensés pour l'annonce.
« J'ai su que vous désirez vous marier par l'Agence
« Duc, mais je n'ai pas été assez naïf pour bayer la
« gommission. J'ai filouté ce brave M. Duc.

Mᵐᵉ DUC

L'imbécile, il écrit sa propre condamnation.

DUC, continuant

« Si vous êtes toujours dans les mêmes intentions,
« veuillez me recevoir quand je me présenterai vers
« 4 heures. »

Mᵐᵉ DUC

Il va donc venir, ce gros nigaud, que lui diras-tu ?

DUC

Je lui réserve une réception à ma façon, à ce
mangeur de choucroute, à ce filou de la Suisse du
diable. Je lui ferai chanter le Ranz des vaches...

On sonne.

Serait-ce déjà lui ?... Non, c'est Ludovic.

SCÈNE II

LUDOVIC, DUC, Mme DUC

LUDOVIC

J'ai fait ta commission auprès de ta sœur. Elle me
suit et va venir te trouver... Tu as tort de l'appeler
une étrangère. Elle t'aime beaucoup. C'est à cause
de toi que la brouille est survenue entre ton père et
sa mère. Seulement on te croyais parti pour Panama !... Sais-tu qu'elle est charmante ta sœur ?...

DUC

Vrai ? Elle te plaît ? Mais Elise ?

LUDOVIC

Tu penses bien qu'après la scène de l'armoire, j'ai
son père dans le nez !...

DUC

Et alors ?

LUDOVIC

Si tu voulais seulement m'aider auprès de ta sœur ?...

DUC

Mais elle veut un jeune homme pauvre !

LUDOVIC

Oh ! l'argent n'est un obstacle que lorsqu'il manque.

On sonne.

Mais la voici.

Il va ouvrir.

SCÈNE III

LES MÊMES, LA DEMOISELLE

LA DEMOISELLE, embrassant Duc

C'est toi, mon pauvre Louis !... Je n'aurai jamais pu te reconnaître, puisqu'à vrai dire, je ne te connais pas. Mais Ludovic m'a tout dit... Ah ! si tu savais comme je t'ai plains, quand j'ai su que ma naissance avait causé ton malheur.

DUC

Ce n'est pas ta faute ! On ne consulte jamais les enfants pour savoir s'ils veulent venir au monde.

LA DEMOISELLE

Je suis cependant décidée à faire l'impossible pour réparer mes torts volontaires ou involontaires. Veux-tu ma fortune ?

DUC

Certes non ! Je ne veux pas te dépouiller de ton bien ! D'ailleurs, ta mère n'y consentirait jamais. Et puis, tu ne pourrais plus épouser ton jeune homme pauvre...

LA DEMOISELLE

Mais mon jeune homme pauvre est riche aujourd'hui.

Mme DUC

Comment cela ?

LA DEMOISELLE

Le voilà. Elle montre Ludovic. C'est lui que je cherchais dans les agences matrimoniales. J'ignorais la mort de sa tante...

LUDOVIC

Comment, c'est moi que vous cherchiez ?

LA DEMOISELLE

Oui, parce que je vous savais l'ami de mon frère.

DUC

Eh bien ! si tu veux mon bonheur, épouse-le !

LA DEMOISELLE

Cela te fait tant de plaisir ?

DUC

Oui ! Ce sera le premier mariage de mon agence. Vous me porterez bonheur.

A part. Et puis, Elise sera libre !... Si le vieux Alivonis y consent !...

Mme DUC

Allons ! nos premiers époux, donnez-vous la main. Il y a promesse de mariage, acceptation réciproque, nous ferons le reste auprès des parents. Nos premiers époux...

SCÈNE IV

LES MÊMES, DUANRA, Vve RATAFIA

DUANRA

Non ! non ! pas les premiers ! C'est moi le premier. Voilà assez longtemps que ça traîne. Ouf !... J'en ai assez de toutes vos agences... N'en voilà des pratiques d'horloges qui retardent toujours... Ce n'est pas comme les montres que je vends, moi, foi d'horloger... Elles vont si bien mes mignonnes, qu'en trois quarts d'heure elles flanquent leur heure par terre !... Ni vu ni connu, un coup de remontoir, et ça y est.

Vve RATAFIA

Allons, voilà que vous retardez encore la cérémonie par votre verbiage.

DUANRA

C'est la joie de vous épouser, Madame. Ma langue retarde, mais mon cœur avance...

LUDOVIC

Alors, c'est le balancier compensateur...

DUANRA

Et vos rubis, Madame, produisent cet échappement...

Vve RATAFIA

Assez ! assez ! ne remontez pas le cylindre, vous pourriez casser votre grand ressort ?

DUANRA

Vous parlez déjà comme la digne femme d'un horloger. Le tic tac de votre cœur...

DUC

Mais l'agence Sadoulet ?

Vve RATAFIA

Tout est réglé comme dans une bonne montre. J'ai payé chez Sadoulet ; M. Duanra payera chez vous. Mais il faut me le garantir au moins un an, sur facture.

DUANRA

Oh ! Madame, mon cœur est garanti pour la vie. C'est le mouvement perpétuel ! une fois pris dans l'engrenage...

Vve RATAFIA

Prenez garde aux échappements...

DUANRA

Alors je vole à la Mairie, à l'Eglise.

Vve RATAFIA

Il vole, et moi je convole... à mes cinquièmes noces.

DUC, à sa sœur

Quand je te disais que tu me porterais bonheur. Voilà le second mariage que je fais aujourd'hui.

DUC

Doux amour que j'implore,
Inspire mon esprit,
Dans l'agenc' fais éclore
Ce qui plaît et séduit.
Par tes traits pleins de flamme,
Donne au client l'ardeur,
Fais passer dans leur âme,
Tous les feux de mon cœur !...

Duo à contre chant

DUANRA

Amour cruel, ah ! je soupire !
Ayez pitié de mon martyre !
Si vous choisissez un amant,
Préférez-le tendre et constant.
Je le promets, oui, mes amours,
Ne finiront qu'avec mes jours !

Vᵛᵉ RATAFIA

Amour heureux, ah ! je respire !
Voilà la fin de mon martyre.
Oui, je désirais un amant.
Je l'ai trouvé tendre et charmant.
Je le promets, oui, mes amours
Ne finiront qu'avec mes jours !

SCÈNE V

LES MÊMES

DUC, retenant Duanra

Non ! non ! ne sortez pas.

DUANRA

Et mes noces ?

DUC

Et les miennes ?

DUANRA

Comment, vos noces ? Alors tout le monde se marie aujourd'hui ! Mais avec qui vous mariez-vous ?

DUC

Avec un Suisse ?

TOUS

Un Suisse ?

DUC

Oui, avec un Suisse, et je veux vous prendre comme témoins de mes fiançailles.

LUDOVIC

Dis donc au moins avec une Suissesse.

DUC

Non ! un Suisse, un Suisse en chair et en os !
Restez un moment, mon fiancé ne peut tarder.
Il regarde par la fenêtre. Tenez le voilà qui monte.

Il se retire.

LUDOVIC

Ah ! ces agences matrimoniales ! On en voit de drôles ! Il a failli épouser sa sœur, et maintenant, il veut épouser un Suisse !

Vᵗᵉ RATAFIA

Comment, sa sœur ?

LUDOVIC

Oui, Mademoiselle est la sœur de Duc. Ils ne s'étaient pas vus depuis 20 ans, et le pauvre jeune homme aurait facilement pris la voix du sang pour la voix du cœur.

On sonne.

SCÈNE VI

LES MÊMES, MARGOSTEIN

Mᵐᵉ DUC

Entrez, Monsieur Margostein.

MARGOSTEIN, embarrassé

Ché ne bensais pas trufer tant de monde... che me retire...

Mme DUC

Non ! non ! Ces dames et ces Messieurs sont les témoins de votre noce.

MARGOSTEIN, à Mme Duc

Alors, Madame, vous êtes pien técitée à m'épouser ?

Mme DUC

Ce n'est pas moi, c'est ma fille Julie, que je vais vous présenter à l'instant.

MARGOSTEIN

Devant tant de monde, chamais j'oserai... Votre betite temoiselle est bien técidée ?

Mme DUC

Oh ! parfaitement. Mais, d'abord, cette lettre est-elle bien de vous ?

MARGOSTEIN

Barfaitement !

Mme DUC

Mais alors, vous trompez l'agence Duc ?

MARGOSTEIN

Barfaitement ! Je l'ai barfaitement filoutée... Che suis un malin... Il rit. Je l'ai pien choué, ce tuc.

Mme DUC

Et si il apprend que...

MARGOSTEIN

Et pien ! Je bayerai l'amende... Mais chamais il saura... n'est-ce bas..., chamais !

Mme DUC

Qui sait ?

MARGOSTEIN, à Ludovic

Mon pon betit Messieu aura l'obligence te ne rien tire...

LUDOVIC

Moi, je ne dis jamais ce que je sais, parce que je ne sais jamais ce que je dis. A part. Qué jòbi !

MARGOSTEIN, à Mlle Duc

Gearmante betite tame, vous ne tirez rien...

Mlle DUC

La bouche parle de l'abondance du cœur. A part. Fada !

MARGOSTEIN, à Duanra

Fous, fénérable messieu !

DUANRA

Moi, je suis sourd-muet de naissance ! A part. Tron de l'air !

MARGOSTEIN

Ah ! tant mieux ! tant mieux ; et fous Madame ?

Vte RATAFIA

La parole est d'argent, mais le silence est d'or. A part, avec un pan de nez. Tè !... Caramantran !

MARGOSTEIN, à part

Che gombran pas tout ce qu'ils tisent... Ce sourd-muet qui barle m'étonne peaucoup... Ché eu tort de fenir me marier en France... Ces Français sont si trôles... y font chamais comme tout le monde.

SCÈNE VII

LES MÊMES, DUC

Duc entre déguisé en femme, avec une voilette non transparente.

Mme DUC

Je vous présente l'Agence Matrimoniale Duc, charmante fille à marier.

MARGOSTEIN

Matemoiselle, je suis charmé...

Mme DUC

Elle est un peu timide... Elle débute dans le monde.

MARGOSTEIN

Chaime mieux ça. Sortant un gros saucisson de sa poche. Puis-je lui offrir mon saucisson de Strasbourich ? à l'ail !

Mme DUC

Si vous voulez.

<blockquote>Il donne le saucisson. Duc le passe à son voisin qui le passe à sa voisine et ainsi de suite jusqu'à ce qu'il retourne à Margostein qui le garde jusqu'à la fin.</blockquote>

MARGOSTEIN

Quel âge avez fous ?

Mme DUC

A peine un jour d'existence.

MARGOSTEIN, à part

Che gombran pas, ces Français exagèrent touchour. Tout haut. Fous avez de la fortune ?

Mme DUC

Si tous ses clients la payent comme vous ?

MARGOSTEIN, à part

Ses clients... che gombran pas, mais che sais qu'elle est riche.

Tout haut. Ché reçu votre télégramme et vous remercie peaucoup, Matemoiselle, je suis barti de suite, car che languissais de fous voir et fous admirer.

A part. Elle a un voilette bien épais.

Lamentation comique.

Charrive auchour'hui de Genève
Pour vous gonter tut' ma chagrin
J'ai fait cette nuit mauvais rêve,
J'étais dans un affreux bédrin.
Je vous aime, Matemoiselle,
Sans passer par l'Agence Duc,
Ce Monsieur connaît la ficelle,
Moi, plus malin, connaît le truc.

DUC, cherchant à imiter la voix de femme

Vous n'aurez pas fille française,
Puisque vous êtes un farceur,
Service se paie, ne vous déplaise,
Il faut avoir un peu d'honneur.
L'Agence Duc rend des services
A tous, dans l'univers entier,
Vous avez beaucoup de malices,
Mais vous êtes banqueroutier.

MARGOSTEIN

Oh ! mein gott ! j'affre pas gombris très pien, vous
n'êtes pas pien timide, pas peaucoup, Matemoiselle.
Fous tésirez faire mariache.

DUC

Oh ! beaucoup ! beaucoup de mariages.

MARGOSTEIN, à part

Peaucoup ! peaucoup ! Ces Français exagèrent touchour... Tout haut, en lui enlevant son voile. Fous êtes
cholie !... Oh ! mein gott, elle a de la parpe !

Mᵐᵉ DUC

Les agences font ce qu'elles peuvent, elles portent
des robes pour attirer les Messieurs, et de la barbe
pour plaire aux demoiselles.

MARGOSTEIN

Mais ché connais cette tête là ?

DUC, lui enlevant son chapeau

Et moi aussi je vous connais.

MARGOSTEIN

Oh ! mein gott ! Tuc ! Tuc ! Mais fous plaisantez, Matame ?

Mme DUC

Ne vous avais-je pas prévenu que je voulais vous marier avec l'Agence matrimoniale ?

MARGOSTEIN

Mais che savais pas que votre fille était un garçon !

DUC, à Ludovic

Quand je te disais que j'allais épouser un Suisse !

LUDOVIC

Dis donc que tu épouses la Suisse, comme le doge de Venise épousait la mer... en allégorie.

Ronde

Le Suisse étant au milieu, les invités dansent en rond autour de lui en chantant.

Vive les saucissons,
Vive les bons jambons,
Vive les gens constants,
Vive les vrais amants.
Maris soyez tous galants, quand l'amour vous appelle,
Car toujours à sa candeur il faut être fidèle.
Du faubourg
De Strasbourg,
Et de Marseille à Fribourg,
Tous en rond
Acclamons
Cet énorme saucisson !

Tous le désignent du doigt.

SCÈNE VIII

LES MÊMES

MARGOSTEIN

Mais enfin, Monsieur Duc, où foulez fous en fenir... C'est assez plaisanter... Vous m'avez trompé en me donnant une fausse adresse... Je buis me plaindre à la bolice.

DUC, montrant la lettre

A la bolice ! Mais c'est moi qui vais me plaindre... Vous avez signé votre propre condamnation... Vous avouez nous avoir filoutés... Vous êtes donc un filou, un escroc... Je puis donc vous accuser d'escroquerie en justice...

MARGOSTEIN

Oh ! mon pon bétit monsieur, ne vaites bas cela... Vous me feriez peaucoup de tort dans ma bétite commerce.

DUC

Et vous, ne m'en faites-vous pas du tort, dans ma bétite commerce... ?

MARGOSTEIN

C'est frai ! Et pien ! je bayerai l'amende... je l'ai bromis, buisque je suis bris... Mais n'allez pas en justice. Vous me feriez du tort dans ma bétite commerce.

DUC

Si vous payez, c'est différent.

MARGOSTEIN

Mais tides-moi donc ?

DUC

Eh bien ?

MARGOSTEIN

Est-ce qu'on ne bourrait bas savoir l'adresse de la bétite femme, tout de même ! Buisque che viens exprès de Suisse ?

DUC

Vous voudriez me filouter une seconde fois ?

MARGOSTEIN

Oh ! non, les Français sont plus malins que les Allemands. Je buis pas vous vilouter... Alors je baye d'avance... Il sort son portemonnaie... pour avoir l'adresse de la betite femme.

SCÈNE IX

LES MÊMES, ALIVONIS

ALIVONIS, rentrant

La petite femme, c'est moi qui la prends !

MARGOSTEIN, étonné

Fous la brenez ?... et bourquoi faire ?

ALIVONIS, imitant le Suisse

Bourqui faire ?... et... et... bour faire ma bétite commerce.

MARGOSTEIN

Et l'adresse, comment l'avez-vous eue ?

ALIVONIS

J'ai vu Mme Duc, j'ai signé l'engagement que vous avez refusé de signer et puis j'ai fait mon affaire avec Mlle Escoffier.

MARGOSTEIN

Elle s'appelle Esgoffié ?

ALIVONIS

Oui, et je vous l'ai escoffiée, car demain elle s'appellera Mme Alivonis.

MARGOSTEIN

Alors l'affaire est pien terminée et si vite que ça ?

ALIVONIS

Je suis venu, j'ai vu, j'ai vaincu, comme disait je ne sais qui pour je ne sais quoi.

MARGOSTEIN

Ché crois que c'est Guillaume Tell, sur le lac de Genève.

LUDOVIC

Précisément, pendant qu'il y pêchait à la ligne des goujons de Seine, ou qu'il décochait ses terribles flèches contre les sardines fraîches de l'Estaque.

DUC, à Alivonis

Mais votre mariage avec Mademoiselle Escoffier est-il sérieux ?

ALIVONIS

Très sérieux. Je tenais à en finir. J'ai trouvé une personne honorable, ayant une belle situation, je n'ai pas hésité un instant.

MARGOSTEIN

Quel dommache !

Mme DUC, à Mlle Duc

Cela fait trois mariages en un jour. Tu vois ma chère nièce que tu nous a porté bonheur. Tu es notre mascotte.

ALIVONIS

Et moi je vais vous en chercher un quatrième.

Il sort.

LUDOVIC

Je suis sûr qu'il va offrir une suissesse à Margostein.

DUC

Il va chercher la Tour Eiffel pour lui faire épouser le Mont Blanc.

SCÈNE X

LES MÊMES, ALIVONIS

ALIVONIS, entrant avec Élise

Monsieur Duc, je vous présente la moitié du quatrième mariage. C'est à vous de me trouver l'autre moitié.

LUDOVIC, à part

Je vais m'enfermer dans l'armoire.

DUC, embarrassé

Il n'appartient qu'à vous de décider ce que...

ALIVONIS

Aussi je ne vous demande qu'un conseil...

Mᵐᵉ DUC

Que vous ne suivrez certainement pas...

ALIVONIS

Ah ! Madame, si votre neveu, M. Duc, n'avait pas quitté mon étude...

Mᵐᵉ DUC

Cela n'y aurait fait ni chaud ni froid.

ALIVONIS

Comment ni chaud, ni froid ? Je dis que si votre neveu n'avait pas quitté mon étude...

DUC, impatienté

Eh bien !

ALIVONIS

Il n'aurait jamais eu ma fille Elise.

TOUS

Ah !... Et alors... puisqu'il l'a quittée...

ALIVONIS

Puisqu'il a quitté mon étude je lui donne ma fille.

TOUS

Ah ! bravo !

LUDOVIC

Et moi, il m'a fait quitter son étude parce que je voulais qu'il me donne sa fille !

Mme DUC

Expliquez-nous votre pensée ?

MARGOSTEIN

Che gombran bas du tout... Ces Français y font bas comme tout le monte...

ALIVONIS

C'est pourtant bien simple ! Si Duc était resté chez moi, il n'aurait fait qu'un gratte-papier durant toute sa vie... Il n'aurait pas retrouvé sa sœur aujourd'hui... Ludovic ne m'aurait pas raconté la scène de l'armoire... Je n'aurais pas connu ma future femme de sitôt... tandis qu'aujourd'hui j'ai pu apprécier les brillantes qualités du directeur de l'Agence matrimoniale. Vous reconnaissez tous qu'il a roulé avec une rare habileté, le citoyen Suisse, ici présent...

MARGOSTEIN

Foui, chavoue que ché suis pien roulé... Mais aussi ces Français y font rien comme tout le monte !

ALIVONIS

En présence du succès aussi éclatant d'une agence pleine d'avenir ; heureux moi-même de mon mariage, et confiant dans la fortune que M. Duc vient de retrouver avec sa famille, je n'hésite pas à prendre pour gendre cet intelligent jeune homme qui fera le bonheur de ma fille, persuadé que je suis qu'il ne la prend pas pour son argent, puisqu'il croyait qu'elle n'avait pas de dot ; eh bien, ma fille aura en se mariant les cent cinquante mille francs de sa mère défunte, dont je n'ai jamais parlé.

DUC

Et avec ce que j'ai déjà gagné dans mon agence, cela fera 250,000 francs.

ÉLISE

La dot grossira encore plus tard... Comme notaire, M⁰ Alivonis est terrible... Mais comme père, c'est un papa-gâteau !

Mᵐᵉ DUC

Et de quatre ! C'est Mademoiselle Duc qui a porté le bonheur à l'agence.

ÉLISE

Oui, car moi aussi, j'ai réussi une affaire pour laquelle on viendra payer demain...

Mᵐᵉ DUC

Et laquelle ?

ÉLISE

Celle de l'avocat de Paris.

Mᵐᵉ DUC

Et comment cela ?

ÉLISE

C'est bien simple. Ma cousine ne voulant pas s'occuper de l'affaire, je lui ai emprunté son costume de religieuse. Je suis allée voir les parents de la fille à marier et j'ai enlevé l'affaire.

Mᵐᵉ DUC

Et de cinq ! Mais comment avez-vous si vite réussi dans cette famille que nous croyions inabordable ?

ÉLISE

Ah ! ça a été assez drôle... Je crois qu'ils m'ont prise pour la sœur de l'avocat parisien...

Elle chante.

J'ai su presser
La fin de cette affaire.
La comtesse sa mère
Me fait entrer.
Me fait conter l'affaire,
Puis, avec plaisir, sans balancer
Me fait signer.

J'ai su presser
La fin de cette affaire.
Oui, c'est bien mon frère !
Ai-je dit sincère.
Sans y penser
Cela fit bien l'affaire,
Car avec plaisir, sans balancer
On l' fit signer.

SCÈNE XI

LES MÊMES

MARGOSTEIN

Alors, y a que moi qui me marie bas... Bourtant, charrive de pien loin, avec cette idée dans mon tête...

LUDOVIC

Mais aussi vous ne gombrenez chamais !

MARGOSTEIN

Maintenant, che gombran que je vais rester veuf.

DUC

Eh bien, non, vous ne comprenez pas ?

MARGOSTEIN

Encore quelque comédie ?

DUC

Non, cette fois c'est sérieux !

MARGOSTEIN

Foulez-vous que je signe ?

DUC

C'est pas la peine ! Vous me payerez après succès...
Je vais vous marier en route.

MARGOSTEIN

En route ?

DUC

Oui, en passant par Dijon pour retourner en Suisse,
je puis vous offrir un parti très sortable.

Mme DUC, à part

Qui ça ?

DUC, à part

La cantinière !... Tout haut. C'est une personne qui
m'a écrit hier pour m'épouser moi-même.

MARGOSTEIN

Fraiment ?

DUC

Parole d'honneur.

MARGOSTEIN

Son nom ?

DUC

Jeanne Bonnet.

MARGOSTEIN

Y a pas d'indiscrétion pour l'adresse ?

DUC

Du tout. C'est à Dijon, rue de Ponthieu, 20.

MARGOSTEIN

Est-elle riche ?

DUC

Elle a beaucoup de titres... A part. de gloire.

MARGOSTEIN

Fraiment ?

DUC

Beaucoup d'actions... A part. d'éclat.

MARGOSTEIN

Elle est musicienne ?

DUC

Très forte sur le champ... A part. de bataille.

MARGOSTEIN

Son métier.

DUC

Elle fait dans les liquides.

MARGOSTEIN

Et sa dot ?

DUC

100,000 francs ainsi répartis :

Elle a le sens droit et l'esprit juste, cela vaut bien 20,000 francs ;

Elle n'est pas coquette, et cette qualité ne saurait s'estimer au-dessous de 20,000 francs ;

Elle est économe et peut facilement mettre de côté plus de 20,000 francs ;

Elle n'a pas le goût du bal, du spectacle, où les toilettes ne coûtent pas moins, bon an, mal an, au bas mot, 20,000 francs ;

Enfin, elle peut se passer de modiste, de couturière ; elle coule elle-même sa lessive et tricote ses bas, talents domestiques très estimables, et valant pour le moins 20,000 francs ; total : 100,000 francs.

MARGOSTEIN

Che gombran pas..., c'est pien 100,000 francs que fous dites..., n'est-ce bas ?... Et la fille est-elle cholie ?

DUC

Cela dépend des goûts ! Aussi, je vous engage à partir au plus vite pour vous en assurer vous-même.

MARGOSTEIN

Che bar à l'instant... On pourrait encore m'escofier cette betite femme.

LUDOVIC

Tâchez au moins de ne pas manquer celle-là... faute... d'adresse.

MARGOSTEIN

Ia, rue de Bondieu.

LUDOVIC

Non, rue de Ponthieu !

MARGOSTEIN

Ia, rue de Bondieu.

LUDOVIC

Non... Alors demandez la rue de Bondieu.

MARGOSTEIN

Ia, la rue de Ponthieu.

LUDOVIC

Très bien ! il suffit de s'entendre.

Mme DUC

Et de six... A sa nièce. Je savais bien que tu nous porterais bonheur ?

LUDOVIC

Loyauté ! célérité ! et discrétion !

DUC, donnant le bras à Elise

Le trait d'union, il n'y a que ça de vrai dans la vie.

SCÈNE XII

LES MÊMES

ALIVONIS, retenant Margostein qui sort

Tenez, cher Monsieur, un dernier avis.

MARGOSTEIN

Quet-ce qu'il y a encore ?

ALIVONIS

Je veux vous rendre un service.

MARGOSTEIN

Lequel ?

ALIVONIS

Comme je vois que vous n'êtes pas très débrouil-
lard et que j'ai eu l'indélicatesse de vous souffler
votre première dulcinée, je m'en vais vous rédiger
gratis votre contrat de mariage.
Je vous engage à prendre des notes.

Il chante et Margostein fait le simulacre
d'écrire sur son calepin.

En l'année fin de siècle, d'vant Maître Alivonis
Comparaît Margostein, le grand baragouineur,
Sa future Bonnet le prend pour Adonis
Et s'engagent tous deux pour les liens du bonheur.

TOUS

Quel mariage !
Quel beau ménage !
Plus de veuvage !
Vite en voyage !

Mme DUC

Par procuration, je represente ici
La belle Dijonnaise plus belle que l'amour
Qui désire épouser le Suisse que voici
Je m'engage pour elle à l'aimer sans retour.

TOUS

Quel mariage, etc.

DUC

Le père de la belle offre aux futurs époux
Batterie de cuisine, douzaine de couteaux,
Une chaise percée, un édredon très doux,
Superbement gonflé de plumes de moineaux.

TOUS

Quel mariage, etc.

DUANRA

Le père généreux offre au futur conjoint
Une tête de cerf, ornée de belles cornes,
Des bottes de gendarmes, plusieurs item de foin
Et d'une cantinière deux riches uniformes.

TOUS

Quel mariage, etc.

ÉLISE

La mère de la belle offre au beau fiancé
Vingt-huit Panama, trois châteaux en Espagne,
Un superbe divan, d'un jaune très foncé
Des fonds Turc sans nombre et cent timbres d'épargne.

TOUS

Quel mariage, etc.

LUDOVIC

Margostein à sa femme lui donne ses amours,
Le nom de sa famille, ça n'a rien d'étonnant,
Hebdomadairement lui fournira toujours
Un saucisson à l'ail et des tripes de Caen.

TOUS

Quel mariage !
Quel beau ménage !
Plus de veuvage
Vite en voyage

RIDEAU